Michèle GARRIGUES

CASQUE D'OR

L'aventurier

Les Presses du Midi

Illustrations de Élisabeth ROUX

Impression PDM

---

121 avenue d'Orient - 83100 Toulon
Tel. : 04 94 16 90 20 - Fax : 04 94 16 90 29
Dépôt légal décembre 2000
ISBN : 2-87867-258-5

Pour mon père qui m'a appris
la nature et le respect
du monde sauvage.

Les animaux ne racontent pas d'histoires,
mais cela ne devrait pas les empêcher de les
vivre avec la même intensité que les humains.

Suzan Mac Carthy

"Quand les éléphants pleurent"

En espérant que petits et grands reconnaitront ici, une véritable histoire d'amour.

M.G

I

LE GRAND VOYAGE DU CYGNE BLANC

Les jeunes s'exerçaient à voler, sachant qu'un jour ils devraient atteindre le paradis des cygnes qu'on leur avait promis. Décollages longs, courts, par vent de travers, vols en piqué… chaque épreuve les rapprochait du jour où, eux aussi, feraient à leur tour le voyage. Un seul parmi eux, fut choisi pour accomplir le grand périple d'Afrique australe où les juniors étaient nés, jusqu'en Sibérie, terre des ancêtres. Le reste du groupe n'effectuerait pas ce pèlerinage. Ils se contenteraient du sud de l'Europe, avec les plus âgés.

L'envergure de ses ailes immaculées avoisine trois mètres. Paré d'une épaisse robe duveteuse, il rivalise avec la beauté impalpable de ces jolis petits nuages qui moutonnent, parfois, au-dessus de sa tête ornée d'un casque d'or qui irradie au soleil.

Ses parents, ses oncles et ses tantes, forment le groupe qui doit franchir d'une traite ces milliers de kilomètres vers le Nord inconnu. Chacun sait que la moindre faiblesse, la moindre erreur, pourraient être fatales à 6 000 mètres d'altitude.

Casque d'Or est encadré par ses aînés. Il tremble d'émotion et écoute, attentif, les ultimes recommandations de son père.

- Tu ne te laisseras distraire par quoi que ce soit que tu puisses rencontrer sur ta route et qui puisse t'étonner.

Tu devras aveuglément obéir au leader, en l'occurrence ton grand-père, ce vieux routier des airs. Règle ta vitesse sur la nôtre, ne prends jamais d'initiative personnelle. En vertu de quoi tout ira bien.

Sous le regard admiratif de ceux qui n'ont pas été élus pour le grand voyage, les grands migrateurs prennent leur envol.

Casque d'Or, encadré par ses parents, "charogne"* derrière son grand-père qui définit le plan de vol. Deux jours et deux nuits s'écoulent. On lui fait remarquer dans le ciel, à la hauteur de la Voie Lactée, une constellation baptisée CYGNUS. Celle-ci est composée d'une

* Terme aéronautique signifiant, en patrouille, le plus près possible de l'avion qui précède.

cinquantaine d'étoiles visibles à l'œil nu. L'ensemble évoque un oiseau aux ailes déployées.

Casque d'Or est émerveillé.

- Nous ressemblons à cet oiseau du ciel ?

La nuit, il ne quitte plus les étoiles des yeux pour retrouver cet étrange oiseau perché près du cheval Pégase.

- Ce que tu observes dans le ciel, sert de repères pour tous les navigateurs, depuis que le monde est monde, lui explique son grand-père.

On vole concentré et le groupe silencieux surveille "le petit".

- Il est vigoureux, pense avec fierté sa mère. Nous arriverons au but sans encombre.

C'est sans compter avec les pièges de la météo, la rencontre d'épais cumulo-nimbus qui, soudain, comme d'imposants icebergs, barrent l'horizon au-dessus de la Méditerranée.

Le corps tendu des puissants oiseaux, résiste aux violentes turbulences qui les aspirent. Aux prises avec elles, Casque d'Or perd un peu d'altitude. Son père et sa mère se resserrent autour de lui pour le rassurer. Les cygnes ont l'impression de rouler sur une piste cahoteuse. Le cap est difficile à tenir. La violence des rouleaux rend l'art du vol, extrêmement difficile. Bientôt happé, Casque d'Or glisse en chute libre jusqu'à 2 000 mètres.

Il a perdu de vue les siens. Il appelle :

- Maman, Maman.

Son père et sa mère arrivent à la rescousse quand soudain se produit le choc effroyable. Ses parents viennent d'entrer en collision avec un oiseau de fer, de feu et de sang. C'est l'horrible accident. Ils effectuent une chute vertigineuse vers la Méditerranée, au-dessous de ses ailes.

Descendu en piqué, Casque d'Or les retrouve quelques instants plus tard, sans vie, flottant à la crête des vagues. Il vient de comprendre qu'il est orphelin. Seul sur une mer déchaînée, Casque d'Or passe la nuit à appeler, à pleurer.

Le groupe a continué sa route, sans se rendre compte de la tragédie qui vient de se dérouler. Le jeune cygne se laissera dériver vers la côte qu'il aperçoit à quelques encablures. À deux cents mètres du rivage, il attend, un jour et une nuit, suivis d'un autre jour et d'une autre nuit. On n'aperçoit pas une mouette à l'entour. Le vent continue à souffler avec violence. Les corps inanimés de ses parents ont disparu au loin. Il pleure. Devant lui, une plage, elle est vide.

- C'est ici le monde des humains dont Grand-père m'avait parlé. J'aperçois leurs maisons.

Tout près, une famille de cormorans qui habite un rocher creux près de l'eau, l'observe.

- C'est quoi ça, Maman ?

- Ça, mon fils, c'est un grand cygne blanc aux pattes grises. Il appartient à une espèce sauvage qui se raréfie sur la planète. Du moins, c'est ce que disent les savants.

- Ce n'est pas un oiseau comme nous ?

- Ce sont de grands migrateurs capables de parcourir de très longues distances sans boire, ni manger. Mais comme nous, ils appartiennent à la famille des anatidés, donc des palmipèdes, exception faite qu'ils ne nagent pas sous l'eau pour se nourrir et qu'ils ne mangent pas de poissons.

- De quoi vit-il alors ?

- D'algues et de crustacés d'eau douce mais aussi de vers de terre et d'herbe.

Les cormorans se sont approchés de l'oiseau perdu.

- Tu as vu, Maman, comme il a l'air triste. Je crois qu'il pleure. Je pourrais peut-être aller lui parler.

- Va mon fils.

Binson, le petit cormoran file prestement vers le grand cygne blanc et se campe devant lui.

- Il est tellement plus gros que moi, pense-t-il. Il m'impressionne. J'aimerais bien être blanc comme lui. Quel long cou !

- Pourquoi pleures-tu ?

- J'ai perdu ma maman et mon papa aussi. Ils ont été tués.

- Tués ? Par qui ?

- Par un monstre volant. Un oiseau de fer qui fait beaucoup de bruit.

- De fer ? Tu veux parler d'un avion ?

- Je n'avais jamais vu cette chose-là jusqu'ici. C'était un objet terrifiant.

- Quel âge as-tu ?

- Dix mois.

- Alors tu es encore un enfant. D'où viens-tu ?

- Je suis né parmi les flamants roses, les aigrettes blanches et les hérons, au bord d'un lac africain où viennent s'abreuver les gazelles et les zèbres.

- Des zèbres ? Je n'ai jamais entendu parler de ces animaux. Ils ressemblent à quoi ?

- C'est un cheval à rayures noires et blanches, coiffé d'une crinière noire coupée en brosse, avec aussi une fort belle queue également noire et blanche.

- Comment t'appelles-tu ?

- Casque d'Or.

- C'est joli *Casque d'Or.*

- Et toi ?

- Moi, on m'appelle Binson, à cause de Robinson Crusoë.

- Je veux maman. Je veux aller retrouver ma maman au paradis des cygnes dont grand-père nous parlait souvent. Ce paradis est habité, disait-il, d'oiseaux multicolores qui ne meurent jamais.

- Ne pleure pas. Si tu veux… sur Terre, je peux m'occuper de toi, et ma maman à moi aussi, jusqu'à ce que tu deviennes un grand cygne.

- Tu es “chouette”, merci.

- Tu ne seras plus seul avec nous… même si tu es blanc et si nous sommes noirs. On ne fera pas la différence dans notre cœur.

II

L'INITIATION

Tombé du ciel sur la planète des hommes que côtoient les cormorans, Casque d'Or confie sa peine à la maman de Binson.

- Tu peux m'appeler Mum. Mon pauvre chéri, je dois t'apprendre certaines règles pour ta survie ici où tu viens de franchir la porte des humains. Le monde des hommes est hypocrite. Ils n'ont aucune pitié pour notre espèce. Nous faisons partie des animaux qui ne servent à rien. Ils nous courent après depuis la nuit des temps, avec leurs fusils et leurs flèches. Grand Dad, il y a deux ans, a été tué par un plongeur qui prétendait qu'il lui volait son poisson. Il l'a transpercé d'une flèche sur ces rochers sur l'eau que tu aperçois d'ici. Grand Dad était un grand cormoran qui régnait sur ce territoire depuis des années. Il plongeait du lever du jour au soleil couchant.

- Alors la mort existe ici aussi? s'étonne Casque d'Or.

- N'écoute pas Mum. Elle va te donner le noir. Viens, on va s'en payer une tranche, interrompt Binson.

Binson entraîne Casque d'Or vers le large. Il file sur l'eau comme une fusée. À grands coups de palmes, Casque d'Or le suit sans difficulté.

- Miam, ces sardines sont délicieuses, s'exclame le petit cormoran après une plongée de trente secondes. Tu ne veux pas essayer ?

Casque d'Or le regarde un peu confus.

- Plonger, avaler du poisson, mais comment fais-tu ? Mon corps flotte comme une bouée sur l'eau. Je n'arrive pas à descendre.

Plusieurs essais restent infructueux. Son estomac crie famine.

- Voilà dix jours que je n'ai rien avalé.

- Mais essaye, essaye donc. Regarde-moi, c'est simple. Pique, plonge et pousse avec tes palmes. Imite les marsouins. Fais le dos rond lorsque tu entames le mouvement.

Malgré tous ses efforts, Casque d'Or n'obtient que la position verticale, cou tendu sous l'eau, queue formant un triangle à la surface, pattes battant désespérément l'air.

De retour auprès de la famille des cormorans, l'air piteux, il décrit ses difficultés à imiter Binson.

- En ce domaine, tu ne pourras jamais rivaliser avec Binson. Tu n'as pas été créé pour marsouiner. Seul ton long cou d'un mètre environ, peut te permettre d'explorer la vase des marais pour prendre ta nourriture. Ici, il n'y a ni marais, ni pâturage. Tu ne pourras capturer que quelques algues et peut-être trouveras-tu quelques crustacés près de la source vers les rochers du cap.

Maigre pitance.

La nuit vient. Casque d'Or reste seul sur la mer, balancé par la houle encore forte. Il a tellement faim. Il se sent si affaibli, si perdu dans ce nouveau monde, malgré la gentillesse de Mum, de Binson et de ses sœurs. Platon, le père de Binson, reste assez distant mais bienveillant.

Au petit matin, les cormorans s'adonnent à leur sport favori, la pêche côtière. Lui, reste à l'écart… pensif.

Soudain, il aperçoit le premier être humain qu'il ait jamais vu de sa vie. Elle a de longs cheveux blonds aux reflets dorés et marche le long du rivage.

- Elle me regarde, je la regarde. On m'a dit de me méfier. Lentement, je vais m'approcher d'elle, vers la berge, pour voir de plus près à quoi ressemble un humain.

- Un cygne ici ? interroge-t-elle. D'où viens-tu ?

Elle l'appelle. Casque d'Or la salue d'un petit signe de tête au-dessus de son cou étiré. De son sac, elle retire quelque chose qu'elle lui lance. L'oiseau s'approche.

- C'est peut-être quelque chose à manger. Je goûte.

Et il avale goulûment cette offrande.

- Mais tu as l'air affamé. Il me reste encore un peu de pain, du gruyère, je t'envoie ça.

Casque d'Or happe ces choses qui ont un goût bizarre.

- Je reviens, je vais te chercher un peu de nourriture, lance-t-elle avant de s'élancer vers les escaliers qui surplombent la plage.

Vingt minutes plus tard, elle est de retour. Une autre femme l'accompagne, sa mère. Elles appellent l'oiseau qui attend sur l'eau.

Elles s'avancent vers lui et lui parlent doucement pour ne pas l'effrayer. Casque d'Or pose timidement une patte sur la plage. Elles lui tendent le pain qu'il prend dans son bec, morceau après morceau, qu'il mouille dans l'eau.

- Il paraît jeune ce cygne, commente la plus âgée des deux.

- Tu es perdu ? interroge la fille aux cheveux d'or.

Casque d'Or acquiesce d'un signe de tête et revient à l'eau. Prudent.

- Elles ont l'air gentilles.

Savaient-ils, en ce matin gris et froid de février, que leur vie ne serait plus jamais la même. Ils se regardent sans savoir qu'ils sont, désormais, liés par un même destin.

À compter de ce jour-là, des petits seaux blancs sont quotidiennement approvisionnés par celle qui vint à son secours. Eau douce, salade, herbes sauvages et maïs. Les cormorans incrédules regardent Casque d'Or pactiser avec ces redoutables bipèdes qui fréquentent la plage. Mum continue à le mettre en garde.

- Ces oiseaux bavards sont plongés dans un obscurantisme total, confie-t-il à Binson.

- Alors pour toi, nous sommes des ignorants, réplique le petit Binson passablement vexé.

- Ce n'est pas ce que je veux dire. Mais regarde-les, ces Français sont des gens accueillants. Les seaux dans lesquels ma nourriture est déposée sont d'une propreté impeccable.

Binson est déstabilisé dans ses croyances.

- Mais c'est Mum qui l'a dit, l'homme ressemble parfois au renard rusé. Elle dit aussi qu'un grand nombre d'humains raffolent de canards et les font rôtir à la broche. Sans pitié.

- Pfeu… tu crois vraiment ?

Pour couper court à la conversation, Casque d'Or plonge son long cou sous l'eau. Il ne lui reste plus qu'à admirer les fonds sous-marins dans cette eau translucide et goûter à quelques algues au vert délicat, en regardant la multitude de poissons multicolores qui fréquentent ces lieux. Somme toute, la France est un très joli pays.

L'oiseau suit les conseils de Mum et s'applique à perfectionner sa technique d'amerrissage pour faire face aux redoutables tempêtes qui sévissent en Méditerranée. Il s'exerce à affronter les puissants rouleaux pour un décollage immédiat en cas de nécessité.

Sous l'œil attentif de Mum, malgré quelques glissades et dérapages incontrôlés, ses évolutions, jour après jour, s'affirment moins hasardeuses. Il devient maître dans l'art d'écrêter la vague et de se laisser surfer avec la houle jusqu'à la plage.

- Ses facultés d'adaptation sont étonnantes, constate la communauté des cormorans.

L'été approche. La nouvelle amie de Casque d'Or lui rend visite chaque matin. Une connivence s'établit entre eux.

À son contact, Casque d'Or se familiarise avec ces humains qui s'entassent sur la plage chauffée à blanc par le soleil. Il ne tient pas trop compte des galets que lui lancent parfois des enfants sous le regard indifférent de leurs parents, ni de ces maîtres qui laissent courir leurs chiens à ses trousses. Un matin, poursuivi par deux huskies aux yeux de loup, il comprend le sens des paroles de Mum.

- Prends garde à eux, ce sont des loups. Leurs réactions sont toujours imprévisibles. Un coup de croc te tuerait.

Casque d'Or entraîne les deux chiens vers le large. Malgré les cris de rappel de leur maître, ceux-ci ont pris en chasse l'oiseau blanc. Peine perdue. Dès qu'ils pensent atteindre leur proie, Casque d'Or les distance.

Les deux monstres poilus montrent bientôt des signes de fatigue sous le regard rassuré et amusé des cormorans qui ne perdent rien du spectacle.

- Tel est pris qui croyait prendre, commente satisfaite Mum.

Le maître des chiens s'est mis à l'eau encore froide.

Il vocifère. Casque d'Or amorce soudain une large boucle ramenant ainsi les deux stupides quadrupèdes vers la plage.

- Notre fils adoptif est trop naïf. Il s'est pris d'amitié pour ces humains, ce qui n'augure rien de bon,marmonne Platon.

Mum tente de le rassurer :

- Ne sois pas toujours aussi négatif. La fille aux cheveux d'or a l'air de l'aimer avec sincérité.

- Elle, oui. Mais les autres font beaucoup trop de cinéma autour de notre fils adoptif. Regarde ce fou là-bas à la peau complètement tannée. Ce type ne me dit rien qui vaille. Il passe sa vie, couché sur cette plage, occupant maintenant son temps, à faire des conférences sur le comportement de Casque d'Or et des oiseaux.

De quoi se mêle-t-il, cet ignare ? Que connaît-il de la vie sauvage ? Au cours de notre réunion ce soir, je vais une fois de plus tancer cet idiot de Casque d'Or qui n'en fait qu'à sa tête. Cet individu a quelque idée derrière la tête. Je le trouve vulgaire et indécent.

Le soir à la veillée, Mum fait la leçon à Casque d'Or devant ses frères et ses sœurs.

- Sache mon petit, que la perversité de l'être humain existe. D'aucuns peuvent être sincères, j'en conviens. D'autres, et ils sont nombreux ici, le sont beaucoup moins. Ne te prête pas à leur jeu. Il pourrait t'arriver beaucoup d'ennuis. Les vrais amis sont rares.

Les anciens se réunissent ensuite en comité privé pour évoquer un autre problème. Depuis deux jours, Petit Jules, un colvert de six mois, vient lui aussi de débarquer sur la plage. Il est si fragile et timide.

III

COMPLICES

Petit Jules a tout à apprendre de la vie. Il est tout petit mais son plumage est une parure chatoyante qui l'empêche de passer inaperçu. Campé sur ses pattes palmées, d'un rouge vermillon, il marche maladroitement sur cette plage aux galets brûlants. En quête de nourriture et d'aventure, il suit Casque d'Or comme son ombre. Il remarque que celui-ci attire tous les regards. Il imite chacun de ses gestes.

Les goélands plutôt hostiles, s'estimant puissants et invulnérables, racontent au sein de leur propre clan, que même la presse locale parle de ce cygne avec sympathie. Petit Jules, lui, le suit, pas à pas. Ainsi va-t-il faire son entrée dans ce monde qu'il découvre.

- Bonjour, bonjour les cormorans, clame-t-il tous les matins, avec de tonitruants coin, coin… comme pour s'excuser de venir troubler l'ordre établi en ces lieux qu'il trouve un peu particuliers.

- Celui-là se prend pour un coq de basse-cour, ricanent les goélands.

- Crois-tu, demande-t-il à Casque d'Or, que je puisse acquérir en quelques séances, la technique nécessaire pour conquérir ce nouveau monde ?

- Ce n'est pas compliqué. Il convient simplement d'éviter quelques grossières erreurs. Si tu vois un bateau qui fonce sur toi, ou tout autre danger, fuis.

- Ce canard sauvage va nous apporter tous les malheurs, grommelle Platon.

- Pourquoi donc ? réplique Binson.

- Parce que les humains ont un goût très prononcé pour le canard à l'orange. Il risque d'éveiller leurs appétits. Je vous conseille de ne pas vous acoquiner avec cet oiseau qui commence à faire du raffut dès le lever du jour dès que pointent à l'horizon les premiers pêcheurs.

- Mais il est si joli… et si mignon, proteste une sœur de Binson. Sa tête est violette, son cou vert sombre irisé, son duvet tacheté de bruns dégradés et les plumes de sa queue relevées en panache forment une boucle. On va aller jouer avec lui.

- Soyez aimables avec lui, mais gardez vos distances ! tonne Platon, agacé par l'indiscipline qui se met à régner sur la famille. Ici chaque oiseau restera à la place qui lui est assignée. Sinon ça va être la pagaille avec les humains.

- Il me suit partout, rétorque Casque d'Or comme pour s'excuser. Lui aussi a perdu son papa et sa maman, mais il refuse de dire comment.
- Tué par des chasseurs sans doute, commente Mum, l'air très ennuyée par cette mauvaise nouvelle.

Casque d'Or sent son sang se glacer d'effroi. Il décide d'aller faire un tour au-dessus de la mer pour calmer le malaise qui le saisit.

Petit Jules lève la tête et voit le grand cygne reprendre progressivement de l'altitude, en formant de larges boucles. Il agite ses petites ailes et décolle à son tour.

- Attends-moi, attends-moi !

Mais sa voix est déjà hors de portée de Casque d'Or.
- Je n'arriverai jamais à le rattraper, se désespère-t-il. Je vais me poser sur l'eau et guetter son retour.

Petit Jules, l'œil pétillant, s'approche de Binson statufié sur le rocher pour le séchage de ses ailes, dans la posture d'un aigle héraldique.

- Que fais-tu ainsi immobile ?

- Je sèche ma tenue de plongée. Je ne possède pas, comme vous, de graisse naturelle pour imperméabiliser mon plumage.

- Alors, vous les cormorans, comment faites-vous pour plonger ?

- Nous sommes des champions de natation, mais nous courons le risque de nous noyer. Nos plongées sont parfaitement calculées. Nous devons remonter avant que notre plumage ne devienne trop lourd avec le poids de l'eau. Mais nous pouvons descendre jusqu'à vingt-six mètres.

- Quand Casque d'Or sera de retour, nous partirons à sa rencontre, insiste Petit Jules. Et nous irons dire bonjour au vieux pêcheur là-bas sur les rochers. Tous les jours, il nous donne des petits cubes de gruyère délicieux.

- Prends garde à ne jamais toucher à l'appât qui pend au bout de sa ligne. Il tient à un crochet et c'est dangereux.

- Je suis au courant. T'en fais pas Binson. Je sais que Casque d'Or s'est pris récemment l'aile gauche dans les fils qui pendaient aux lancers et qu'un hameçon est resté planté dans sa chair. Il a eu très mal. C'est son amie Micha qui l'a soigné.

- Tiens le voilà qui revient. On y va. Elle aussi l'attend sur la plage.

- Bravo Casque d'Or, ton amerrissage était superbe, dit-elle, en lui caressant l'encolure.

Elle lui donne de l'eau douce fraîche. À leurs côtés, Petit Jules se sent rougir de timidité.

- Il n'y en a que pour lui. Coin, coin, proteste-t-il. Moi, je ne mérite même pas un regard de sa part, même si, il faut être juste, elle m'apporte également de la nourriture. Mais le seau que je crains toujours de renverser, m'oblige à faire les pointes.

Furieux de n'avoir même pas obtenu un seul regard, Petit Jules prend l'attitude la plus courroucée… copiant l'attaque de quelque char d'assaut. Cou tendu, bec en avant, ailes plaquées, il vient lui piquer le dos. Juste pour voir l'effet produit.

Elle rit aux éclats.

- Mais serais-tu jaloux toi, joli canard ? Pourrais-je caresser ton plumage sans t'effrayer ?

Elle tend la main. Petit Jules lui prend délicatement le petit doigt dans son bec.

- Tu es vraiment adorable. Si tu n'as plus peur de moi, viens avec nous à la pêche. Peut-être aimeras-tu les petits crabes et les moules dont Casque d'Or raffole ?

Elle entre dans l'eau tellement claire que l'on aperçoit une multitude de poissons bleus minuscules qui s'agitent sur un fond de sable. Casque d'Or joue avec elle. Comme à chaque expédition pêche, l'oiseau lisse ses cheveux qu'il prend dans son bec, pique du nez sous l'eau et fait une pirouette, joue avec la chaîne dorée et sa médaille en forme d'ailes qui est l'insigne de l'aéronavale américaine, portées à son cou. Il trompette de joie. Petit Jules se fait éclabousser et entre dans le jeu, en se livrant à différents plongeons acrobatiques. Binson se joint à la fête.

- Je n'aurais jamais supposé que les cygnes puissent tant aimer s'amuser. Je pensais qu'ils se contentaient d'être beaux, soupire avec joie Petit Jules ravi. Quand je pense qu'il a même appris les belles manières et qu'il ne s'installe plus sur les draps de bain des dames de la plage. Il a aussi l'extrême délicatesse de ne plus fouiller les sacs quand elles vont à l'eau qu'elles trouvent toujours "trop froide" même à 25 degrés

- Goûte à ces moules, lance Casque d'Or déjà juché sur un rocher.

Il a pris les devants à une vitesse vertigineuse.

- Tu aurais pu nous attendre, proteste Micha qui le rejoint, essoufflée. Petit Jules n'a pas compris pourquoi tu partais si vite. Il a pris peur et a failli s'envoler dans l'autre sens.

- Succulent, succulent, s'exclame Petit Jules en goûtant aux premières moules de sa vie. Quel parfum d'iode, c'est extraordinaire !

Pour lui, Casque d'Or détient la connaissance. En sa compagnie il s'enhardit. Il le suit aveuglément. Se plaçant sous sa protection, il découvre avec lui toute la gamme des sensations fortes.

Avec leur amie aux cheveux d'or, ils s'amusent follement, sans prêter attention à l'homme à la peau tannée qui enrage sur sa serviette rouge, du matin jusqu'au soir, de n'avoir pas conquis le cœur et les grâces exclusives de Casque d'Or qu'il aurait voulu transformer en "chien" de compagnie. C'est ainsi qu'il comprenait la vie sauvage qu'il expliquait avec redondance aux "gisants" du même acabit, réunis autour de lui.

C'est un bel été sans orages du ciel. On vient de loin pour photographier et filmer la vie de Casque d'Or, cet oiseau insolite en ces lieux. Humble à ses côtés, discret, Petit Jules, n'en prend plus aucun ombrage. Il se sent si heureux avec lui.

- Un canard, se dit-il avec modestie, est idiot par définition. Il a toujours besoin d'un complice intelligent et astucieux pour faire quelques bêtises.

Pourtant les cormorans restent méfiants devant la tournure des événements. Casque d'Or s'est émancipé.

Aux côtés de ce capitaine courageux, Petit Jules se sent prêt à tout affronter. Binson rassure Mum toujours inquiète.

- Pourquoi leur ferait-on du mal ? Il peut bien exister un lieu de paix… même ici parmi les hommes.

IV

LE RAPT

L'homme qui se prend pour un dompteur prépare sa vengeance devant un aréopage de femmes séduites par ses récits ridicules de baignades romantiques nocturnes avec le cygne qu'il persiste à appeler Sissi, même s'il s'agit d'un mâle vigoureux.

Entre-temps, Casque d'Or est devenu un voilier exceptionnel qui déploie ses ailes au-dessus de la Méditerranée et tente de consoler son amie aux cheveux d'or, de la perte récente de son compagnon aviateur dont l'avion a explosé au-dessus d'un feu dans les canyons californiens.

Pour elle, il se livre à de superbes démonstrations aériennes et pousse la coquetterie, après avoir repéré au-dessus de la plage, les fenêtres de sa maison, à venir la saluer parfois. Avec un bruit impressionnant, les grandes ailes brassent l'air qui le porte.

- Vu, semble exprimer le regard de Casque d'Or tendu dans l'effort de ces vols de précision, entre un bâtiment de béton et la cime d'un pin maritime centenaire, habité d'écureuils roux.

Ses vols atteignent dorénavant, une pureté parfaite.

Casque d'Or rivalise avec les deltaplanes qui s'élancent de la montagne en surplomb au-dessus de la baie, en quête d'ascendances porteuses pour de périlleuses acrobaties. Comme eux, Casque d'Or s'est familiarisé aux tonneaux et retournements.

Casque d'Or aime bien frayer avec ces hommes volants dont les ailes multicolores fluorescentes s'affalent parfois lourdement sur un bosquet d'arbres ou dans la mer.

- Ils ne savent pas "hydroplaner", pense le cygne, en observant les chutes de ces étranges oiseaux humains, empêtrés sous leur encombrante voilure, avant de pouvoir se hisser avec effort sur le canot qui vient à leur secours.

Autrefois peu familier des figures de voltige, Casque d'Or, avec patience, a appris à dépasser ses limites. Il découvre aux côtés de ces hommes volants qui, une fois à terre, s'empressent de quitter leurs ailes, la griserie de la vitesse à flanc de montagne.

Il prend tous les risques sous le regard époustouflé de Petit Jules et de Binson qui constituent son fidèle fan-club.

- La maîtrise de l'air n'est pas chose facile, convient Casque d'Or.

Secouant la tête, Petit Jules esquisse un clin d'œil à l'adresse de Binson.

- Il devient un expert.

Sans le savoir, Casque d'Or devient le disciple des conquérants des airs, légendaires, même si son imposante voilure constitue un handicap en voltige.

Des goélands, moins sages et moins sympathiques que le mythique Jonathan Livingston, l'ont pourtant remarqué. Criards, ils déboulent un jour en commando sur la plage des cormorans.

- Agaçant, il est vraiment agaçant, ce mec-là, s'écrie l'un.

- Il se prend pour un Sukoï 31 russe, dit l'autre. As-tu entendu parler de cet avion de voltige monoplace ?

- Il ressemblerait plutôt au bateau volant, ventru et bruyant, d'avant la deuxième guerre mondiale, utilisé par Lindberg dans le Pacifique Nord, ajoute un troisième, en pouffant de rire. Les pigeons voyageurs sont tellement plus intéressants.

Les sarcasmes continuent…

- Il faut lui infliger une leçon, reprennent-ils en cœur, hargneux.

Casque d'Or et la famille des cormorans viennent de se regrouper sur le rocher, s'abandonnant à un délicieux farniente après avoir dessalé leur plumage.

- Prenez garde, s'écrient Mum et Platon. Ils passent à l'attaque.

Les goélands foncent, déterminés, avec leurs becs jaunes et crochus pointés vers leurs têtes. Les oiseaux esquivent ce premier passage d'intimidation. Devant les prémices d'une bataille rangée, Casque d'Or pense à Petit Jules le plus menacé. Il prend son envol, suivi par la horde des goélands décidés à l'abattre. Ils tentent d'intercepter sa route. Le cygne accélère sa vitesse et bouscule dans les airs le premier des carnassiers agresseurs. Celui-ci abandonne le combat, tandis que le courageux Casque d'Or poursuit sa route. Sur ce territoire, le cygne vient de démontrer qu'il restera maître de l'air.

C'est clair pour la colonie des goélands qui se contentera désormais de l'observer de loin.

C'est bientôt une tout autre épreuve qui attend le grand cygne blanc. Un matin de printemps, l'oiseau, curieux d'explorations alentour, découvre un rassemblement d'oiseaux aquatiques à quelques kilomètres de là.

- Binson, annonce-t-il au retour, j'ai vu d'énormes camions rouges déverser leur cargaison de terre dans la mer. J'ai pu constater qu'il y avait une incroyable quantité de vers délicieux.

Petit Jules est toute ouïe.

- Coin… ? Ceci me paraît être un programme intéressant. Conduis-nous là-bas, demande-t-il tout excité.

Binson sera bien sûr de l'expédition, car le poisson doit pulluler autour de cette providentielle nourriture.
Excités, les trois copains, inséparables, mettent le cap vers cette baie qui barre l'horizon à l'Est, à proximité de la frontière italienne toute proche.

Une centaine d'oiseaux se livrent déjà à ces agapes inédites, tandis que la ronde des camions déversant des milliers de tonnes, continue, sous une pluie battante.

Petit Jules s'adonne aux plaisirs de la dégustation. Binson trouve également les poissons à son goût et faciles à prendre. Aucun n'a vu le "dompteur" de la plage approcher.

L'homme aux traits affaissés et aux dents carrées, accompagné d'un acolyte rougeaud, siffle puissamment à l'adresse de Casque d'or.

Casque d'Or très affairé, les aperçoit.

Le premier individu qu'il connaît depuis des mois, l'appelle encore. Il a pénétré sur le chantier, interdit au public. Pour le saluer, Casque d'Or s'approche sans méfiance. L'homme de la plage se jette sur lui et l'emporte.

Binson voit son ami se débattre entre les bras qui le tiennent. Au directeur du chantier, l'homme dit qu'il est vétérinaire, qu'il vient chercher un cygne malade.

Petit Jules qui n'a rien vu de la scène, est alerté par Binson qui donne l'alerte. Entre-temps, les ravisseurs de Casque d'Or ont disparu.

- Il vient d'arriver malheur à Casque d'Or, hurle-t-il ! L'homme que n'aiment ni Platon ni Mum, vient de l'enlever.

- L'enlever ? Coin, coin… mais comment ?
- J'ai tout vu, s'impatiente Binson.
- Alors, il faut voler à son secours.

D'un coup d'aile, ils rattrapent les deux voyous qui traversent le marché. Le cygne pousse des cris plaintifs. Soudain, sans lâcher leur prise, les deux individus s'engouffrent dans une maison située à l'autre bout de la place.

- Mais il faut l'aider, pleure Petit Jules, désorienté.
- Je ne vois pas ce que nous pourrions faire. Filons prévenir Mum et Platon.

Mum fond en larmes avec les sœurs de Binson, catastrophées.

Le reverront-elles, un jour ?

- Ils vont le faire rôtir comme un canard ? interroge Petit Jules.
- Tout est possible, grogne Platon. L'homme qui l'a enlevé est un dingue délirant.

La famille cormoran est consternée. Elle se sent impuissante.

Pendant ce temps, Casque d'Or est soumis à la plus rude des épreuves. Les deux hommes l'ont mis dans une baignoire, à l'intérieur d'un appartement obscur aux volets clos. Un troisième larron arrive vers le soir. Il se dit spécialiste des oiseaux et pendant que les ravisseurs tiennent le cygne qui se débat, le barbu chevelu, se munit d'une paire d'énormes ciseaux et lui coupe aux deux tiers, l'extrémité des grandes rémiges de l'aile gauche.

- Je vous en supplie, non, non, proteste Casque d'Or.

L'oiseau vient d'être mutilé pour plusieurs mois. Il ne pourra plus voler, jusqu'à la prochaine mue. Aussi brutalement, les trois malfrats, embarquent leur prisonnier à bord d'un fourgon blanc qui attend devant la porte.

Au bout de trois quarts d'heure sur une route en lacets, la voiture s'arrête dans la cour d'un "ranch" prétentieux situé à flanc de montagne. Là, une femme ridicule minaude. Son perroquet est juché sur son épaule, quand elle reçoit la livraison attendue.

- Vous aviez raison. Il est beau ce cygne. Il ira parfaitement dans la mare, en face des box des chevaux. Il tiendra compagnie aux oies.

Celles-ci pâturent l'herbe maigre qui pousse autour de l'eau croupie. Le bassin est clôturé d'une barrière. Leur regard en dit long.

- Quelle histoire, pour ce nouveau compagnon d'infortune, pensent-elles.

Le paysage, autour, inspire l'ennui. Casque d'Or comprend qu'il n'a aucune chance de pouvoir s'évader. La propriété, à l'abri du regard de tout intrus, est bardée de caméras. La mine des hôtes est plutôt patibulaire.

L'oiseau vaincu tremble de tout son corps. Il pense à Micha son amie aux cheveux d'or, à Binson, à Petit Jules, aux petites sœurs, à Platon et Mum. Les reverra-t-il jamais ?

V

Il FAUT LIBÉRER CASQUE D'OR

Les cormorans partent en quête de Casque d'Or, suivant au loin Micha qui parcourt sous une pluie battante, sur des dizaines de kilomètres, les plages où aurait pu se réfugier le cygne. Ses recherches restent infructueuses. Apparemment l'oiseau blanc a vraiment disparu.

Au troisième jour, ses amis journalistes, lancent un appel dans le quotidien local. Elle croit connaître l'auteur probable du rapt de l'oiseau. Elle reçoit un appel téléphonique d'un témoin qui confirme. Il s'agit peut-être d'un enlèvement lié à un trafic d'animaux relativement coutumier dans la région.

D'autres témoins sur le chantier, vont conforter ses soupçons. Il s'agit bien du dingue de la plage escorté d'un retraité qui travaille au noir chez un maraîcher du pays. Ils ont été formellement reconnus.

À la lecture de l'article paru dans le journal local, les occupants un peu louches du "ranch" se dénoncent auprès de la gendarmerie. Ils plaident leur innocence : "On leur a apporté un oiseau dit en danger. Ils l'ont recueilli."

Micha, débarque au "ranch", escortée de la maréchaussée locale, et d'un… ornithologue. Elle identifie immédiatement son protégé qui paraît bien sombre. Il est en position d'attaque quand le groupe approche. Soudain Casque d'Or la reconnaît. C'est le bonheur.

- De quel côté de cette mare, peut-il sortir ? lance-t-elle, en colère, au jockey colocataire des lieux.

L'homme désigne de la main le passage praticable sur les bords pentus et glissants. Personne ne bouge. Les palefreniers qui travaillent là, ont l'air de se réjouir de ces retrouvailles émouvantes. Elle appelle l'oiseau qui vient vers elle, se blottissant contre elle. Il caresse avec son cou, le visage de son amie.

- Fini le cauchemar. Je te ramène avec moi. Tu vas retrouver ta liberté.

Casque d'Or se laisse porter dans ses bras, jusqu'à la voiture. Des mots désagréables sont échangés entre celle qu'il considère aujourd'hui comme sa protectrice, et ses geôliers.

- Ciao, lance-t-il gaiement quand la lourde voiture de son amie franchit le portail.

Pendant le trajet, une demi-heure de route sinueuse, il ne cesse de babiller. Comme un enfant heureux qui vient de retrouver son insouciance.

- Je vais revoir mes copains, mes petites sœurs, Mum et Platon, les hommes volants aux plumes couleur fluo.

Quand le véhicule atteint le bord de mer, l'œil de Casque d'Or traduit de plus en plus d'excitation. Il sait qu'ils sont en approche de son territoire. Et pourtant, avant l'arrivée, le grand cygne blanc, vaincu par tant d'émotions, s'est profondément endormi.

Son amie le prend, comme un bébé, dans ses bras pour franchir les marches d'escalier qui conduisent à la plage.

- Je me sentais si bien avec elle dans sa voiture, pense-t-il, à regret, quand elle le porte.

Elle le dépose doucement sur la plage et lui donne un peu d'eau claire qui coule de la source qui jaillit dans le creux d'un rocher. Après le stress vécu, Casque d'Or ignorant toute nourriture, dormira pendant cinq jours et cinq nuits.

- Petit Jules et la famille cormoran, fous de joie mais inquiets de retrouver leur ami dans cet état, veillent sur lui, nuit et jour.

Peu à peu, ses forces reviennent. Malgré la suggestion de Binson, une balade en mer ne le tente guère. L'oiseau sait que ses ravisseurs ont touché à son aile. Il cache la vérité à ses amis.

- Peut-être, pense-t-il, arriverai-je à décoller ? Je vais devoir essayer.

Sur l'insistance de Binson et de Petit Jules, il se met enfin à l'eau. Sa protectrice assiste à la scène. Elle constate une certaine anomalie dans l'attitude inhabituelle de l'oiseau et suit attentivement ses essais infructueux aux premiers coups d'aile. À chaque fois il part en vrille et retombe lourdement sur l'eau.

- Vas-y, décolle, décolle, crient ses deux copains.

La famille de cormorans, tout autour, est silencieuse et recueillie. Micha comprend que les hommes ont touché aux ailes de Casque d'Or. Il revient, épuisé, vers la berge. Elle pleure de dégoût. Le lendemain, un vétérinaire vient et confirme. Le diagnostic tombe, semant l'indignation. Casque d'Or ne retrouvera l'usage de ses ailes que dans plusieurs mois, après sa mue. D'ici là, il faudra être vigilant, face aux chiens, face aux bateaux et face à certains humains.

Face à ces terribles tempêtes qui sévissent au printemps !

Les jours suivants, la tempête redoutée survient. Le vent d'Est soulève des creux de quatre mètres. La mer déchaînée envahit la plage. Les cormorans ont été contraints à s'abriter au creux d'un rocher pour fuir le risque de noyade. Petit Jules est resté aux côtés de Casque d'Or. Tous deux se sont abrités contre le mur de la propriété en lisière de la plage.

- Mets-toi en sécurité, trouve un refuge, supplie Casque d'Or, inquiet pour son gentil compagnon.

Mais Petit Jules ne l'entend pas de cette oreille. Il s'estime investi de la mission de protéger son ami, quoi qu'il arrive. Vivre ou périr ensemble, c'est la devise des marins.

- Nous pourrions aller sur l'eau, suggère-t-il.
- Ces vaches de vagues finissent par me chavirer l'estomac. J'ai déjà le mal de mer, proteste Casque d'Or qui n'est pas au mieux de sa forme depuis son enlèvement.
- Coin ! Comme tu voudras, se résigne Petit Jules.

Soudain, un homme surgit devant eux. C'est le fou et il revient à la charge. Il est équipé de bottes et d'un grand sac.

- Ah ! te voilà Sissi. Je savais qu'elle t'avait ramené ici.

Cette fois, tu ne m'échapperas plus. Je vais t'apporter dans la Principauté. Ah… ah… ah… ! Sur le territoire de ce pays souverain étranger, elle ne pourra pas intervenir. Tu es à moi.

- Coin ! Il est revenu ce sale bonhomme, s'exclame avec effroi le petit canard sauvage.

Les deux oiseaux n'ont pas eu le temps de réagir que l'homme, se jetant sur Casque d'Or, le plaque au sol avec un filet. Le cygne se débat mais le dément l'emporte.

- Là-bas, de l'autre côté de la baie, je serai enfin reconnu comme dompteur d'oiseaux, se réjouit-il. Et là-bas, de l'autre côté de la baie, elle sera impuissante. Ils seront enfin, séparés à jamais…

Venant de perdre une nouvelle fois son ami, Petit Jules pleure à chaudes larmes. Refugié sur un mur, il attend le retour des cormorans et de leur amie Micha. Pour eux, au petit matin, c'est la stupéfaction et la révolte.

VI

UNE AFFAIRE D'ÉTAT

Le second enlèvement de Casque d'Or prend la tournure d'une affaire d'État. Entre une Principauté et la France, comment régler le retour du cygne tuberculé dont la liberté est régie par les textes de la Convention de Washington ?

Il est facile de prouver que l'oiseau a été transporté sous la contrainte. Mais le faux dompteur aux allures de camelot multiplie les embrouilles. La situation commence à devenir inextricable.

La justice, la police, une princesse locale, ainsi qu'un ministre français, sont alertés par l'amie de Casque d'Or. À cause de la stupidité du fou, on en arrive presque à un incident diplomatique. Du sort de l'oiseau, l'administration garante de la Convention de Washington, n'en a apparemment rien à faire. Ses agents préfèrent se livrer aux plaisirs de la chasse et laissent courir les braconniers.

Les amis français de Casque d'Or menacent officiellement de monter une opération coup de poing pour venir récupérer l'oiseau abandonné sur une plage publique bourrée de monde, avec un va-et-vient permanent de jet skis, de canots à moteur, de planches à voile. Un véritable enfer pour Casque d'Or traité comme un animal de cirque. On lui lance du pain qu'il méprise, pendant qu'il fait des ronds dans l'eau près des berges. Il n'en sort que le soir, lorsque la plage est désertée par ses envahisseurs.

L'oiseau est terrifié. Derrière la digue, le vent d'est continue à souffler avec violence. Il n'y a pas d'échappatoire. La fille aux cheveux d'or lui porte sa ration quotidienne à laquelle il touche à peine.

- Pourquoi ne me ramènes-tu pas avec toi ? supplie-t-il amèrement.
- Je ne peux pas encore. Mais sois patient, nous allons te sortir de ce pétrin.

Oui, mais quand ? L'affaire s'enclenche… Peu de gens semblent aptes à comprendre que l'oiseau n'est pas venu là de son plein gré. D'aucuns proposent de le placer dans un jardin public.

Casque d'Or pressent les menaces qui pèsent sur lui. Il choisit de s'évader. Profitant d'une accalmie, l'oiseau, privé de ses ailes, prend la mer et tente la traversée à la nage.

Il se fraye un passage entre les chenaux prévus pour les bateaux puissants qui sillonnent le rivage, au risque, à chaque instant de se faire couper le cou par les puissantes hélices. Il palme vigoureusement et aperçoit bientôt sa plage, celle des cormorans, de Binson et de Petit Jules.

Ce matin-là du mois de mai, son amie qui ne cesse de scruter la mer, de ses fenêtres voit le cygne blanc soudain apparaître. Il avance sur l'eau tel un navire silencieux. Elle dévale le sentier qui conduit à la plage et retrouve un Casque d'Or fier de sa prouesse.

Celui-ci pousse des cris stridents. Petit Jules et Binson lui font une escorte joyeuse pour accompagner ses dernières brasses vers la plage.

- Ah, ah… te voilà toi, chante Petit Jules si heureux.

Binson fait des bonds de joie. Les goélands, l'air goguenards, observent.

- Le voilà qui se prend aujourd'hui pour un coursier des mers à son arrivée à Porthsmouth, ricane celui qui dut un jour lui céder la priorité dans le ciel.

- Il est aussi bon marin qu'aviateur, lance à leur adresse, Binson, qui a entendu la réflexion. D'ailleurs vous les goélands, qui vous prétendez grands aviateurs, vous ne savez même pas vous servir de vos pattes comme d'une paire d'aérofreins. Et sans palmes, vous ne risqueriez pas d'aller très loin, si vous vous trouviez dans la situation de Casque d'Or privé momentanément de l'usage de ses ailes !

- Casque d'Or, tu es l'oiseau le plus intelligent qui puisse exister sur cette planète. Micha flatte son encolure de la blancheur des névés.

- Cette fois c'est moi qui suis venu te retrouver. On ne se quittera plus jamais. Jamais, insiste-t-il, en frottant son bec contre le visage de son amie, en lui parlant à l'oreille.

Jamais cette plage n'avait paru si belle au grand cygne blanc, convaincu pour toujours que les conseils de Mum et Platon n'étaient pas inutiles.

- Pardonne-moi, Mum, d'avoir désobéi, de n'avoir pas voulu croire que cet homme est méchant.

- Tu es pardonné, mon fils.

Trois mois s'écoulent… mais il n'y aura plus de paix véritable pour le cygne et son amie. L'homme les harcèle, s'acharne à faire disparaître les seaux de nourriture.

Regroupé autour de Casque d'Or traumatisé, le clan veille et tente de le protéger. La nuit, la plage est

hantée par des vagabonds qui s'enivrent, par des bandes qui se droguent autour de barbecue-parties. Casque d'Or et Petit Jules se cachent sur l'eau, derrière quelques coins de rochers, en attendant le lever du jour.

Un soir, le clan des cormorans se réunit avec solennité. En fin de séance, les anciens appellent Casque d'Or. Platon s'exprime lentement, avec beaucoup de gravité dans la voix tandis que Mum pleure silencieusement. Petit Jules est consterné. Devra-t-il perdre son ami ?

- Mon fils, tu vas devoir partir. Tu nous manqueras cruellement à tous. Mais ici, privé pour plusieurs mois de tes ailes, tu n'es plus en sécurité.

Son amie fait appel à une lointaine fédération des chasseurs qu'elle connaît bien. Comment permettre à l'oiseau de retrouver sa quiétude ? Celle-ci dépêche un garde-chasse qui vient chercher l'oiseau pour le replacer en milieu naturel. Micha veut le rassurer.

- Tu te feras de nouveaux bons amis. Je ne t'abandonnerai jamais. Nous partons vers la terre promise riche en plans d'eau plus accueillants pour toi que la mer. Tu y trouveras toute la nourriture dont tu as besoin pour subsister.

Le voyage en voiture avec le garde et l'amie du cygne se déroule sans encombre. Casque d'Or, en place arrière de la voiture qu'il connaît déjà, se trouve confortablement installé. Il voit défiler sous ses yeux des paysages qu'il ne connait pas. La traversée de la Provence renvoie le parfum des lavandes. Celle de la région natale de son amie, celui des genêts en fleurs. Au cœur de l'été, une vie nouvelle commence pour lui.

Et pour elle, qui a décidé de quitter pour un certain temps les rivages méditerranéens.

- Cet homme qui nous accompagne ne me plaît guère, pense-t-il cependant. Son regard n'est pas franc, ses yeux sont rapprochés du nez comme ceux des oiseaux de proie, son menton est fuyant… et il est maigre comme un clou. Il s'exprime souvent dans un très mauvais français, mettant des "Y" partout entre le sujet et le verbe.

Tous les conseils de Mum sont présents à son esprit.

- Qu'importe, elle est près de moi.

Encore pensif à l'arrière de la voiture, il est inquiet :

- Je me demande si cet humain n'appartiendrait pas à quelques groupes occultes qu'on appelle sectes et qui continuent à prétendre qu'elles sont des religions. C'est ce qu'il affirmait tout à l'heure à mon amie. J'ai tout compris. Il me paraît méchant. Il dit qu'il dresse beaucoup de "manches*" aux braconniers, mais que dès qu'il sera à la retraite, il deviendra braconnier. Ce qui est encore plus bizarre, c'est qu'il ne mange soi-disant que des pâtes et ne boit que de l'eau. Mais il lui arrive aussi de participer à des ripailles bien arrosées, notamment les soirs de chasse aux alouettes.

- C'est ce qu'il dit. Comment pourrais-je faire pour alerter Micha ? Notre langage animal sera-t-il suffisant pour lui ouvrir les yeux ? Je fais la tête, mais elle semble n'avoir rien remarqué.

Les êtres humains ne possèdent malheureusement pas la même intuition que les animaux. Ils s'attachent parfois aux apparences trompeuses. Casque d'Or l'aventurier, trop naïf et crédule lorsqu'il débarqua sur la planète des humains, vient d'acquérir, après tant de mésaventures, sagesse et bon sens.

* Procès-verbaux

VII

LOIN DU CLAN

Après ce long voyage, Casque d'Or va découvrir ce qui n'est pas encore la terre promise. Un étang en pleine nature choisi par le garde, ami de la bergère des lieux. Casque d'Or n'y restera que quelques jours, avant de tomber malade. Il n'aime pas la bergère, il n'aime pas la cane blanche à la crête et aux yeux rouges qu'on a placée là pour lui tenir compagnie. Et puis il y a les gros chiens de ferme qui, comme les renards, hantent ces lieux.

- Petit Jules et Binson me manquent.

Micha le rassure :
- Ce n'est que provisoire. Nous allons bientôt partir vers un autre pays où tu pourras voler de lac en lac. Ils sont grands comme un océan.

Beaucoup d'oiseaux migrateurs y passent, même les cigognes… sans compter les milliers d'oies en provenance de Sibérie.

- Mais qu'est-ce qu'elle me raconte là? C'est ce garde qui m'a placé ici, qui lui a mis ça dans la tête. Enfin... soupire-t-il, nous verrons bien. Quand j'aurai récupéré mes plumes, je pourrai aller où je voudrai. Pourtant ce que je souhaite par-dessus tout, c'est rester avec elle.

Chaque jour, elle lui rend visite. Elle se rend compte rapidement que l'oiseau ne tient plus sur ses pattes.

On se moque autour d'elle. Certaine que Casque d'Or ne va pas bien, elle le transporte chez elle, dans le parc de ses parents. À la hâte, on aménage pour lui, un enclos pour le séparer des chiens de la famille, gentils mais turbulents.

Casque d'Or se sent très affaibli. Le vétérinaire diagnostique une "coccidiose"... c'est le souvenir rapporté de son séjour dans la prison "alpine", quelques semaines avant son départ.

- Il est bien malade, ce bel oiseau blanc soupire Dokkie la vieille chienne épagneul. Laissez-le tranquille, n'aboyez pas inconsidérément, dit-elle à Filou, Cora, Écho et Julie, le reste du groupe. Il faut qu'il se repose. Contentez-vous de le regarder de loin pour ne pas l'effrayer. À la chasse avec notre maître, nous n'avons jamais vu un aussi bel oiseau, aussi impressionnant.

Sur un ton confidentiel, Écho de la Forêt, un setter irlandais, le gentleman du groupe, rapporte les propos entendus à la maison.

- Notre maître dit qu'un tel oiseau n'est pas fait pour croupir dans une mare à canards, comme on en voit dans les jardins publics… qu'ils migrent eux aussi par milliers entre le nord et le sud de l'Europe.

- C'est exact, acquiesce Julie, "la" doberman qui se mêle de tout. Sa voix tonitruante n'émeut plus personne, car elle est sympa. Elle impressionne, c'est tout. Elle est "chien de garde".

- Pour les empêcher de voler, on leur enlève à la naissance, le dernier doigt d'une des deux mains porteuses des grandes rémiges. Ceci correspond aux ailerons d'un aéronef. Supposez qu'un aéroplane soit privé de ses ailerons d'un seul côté, il sera déséquilibré et ne pourra pas décoller. Ceci concerne, bien sûr, les oiseaux nés en captivité.

- Quelle horreur, s'émeut la tendre Dokkie.

Un peu à l'écart, Filou, le plus fin chasseur de l'équipe, écoute d'une oreille attentive. Lui, ardent quêteur, spécialiste de "la plume", se trouve déstabilisé dans ses convictions de chasseur. Les questions s'entrechoquent dans sa tête. Lui qui vient de subir une très longue opération au coude, après avoir été, au cours de sa dernière mission, frappé et laissé pour mort par des braconniers, éprouve de la compassion pour Casque d'Or, partiellement privé, lui aussi, de sa liberté de mouvement. Il se demande en même temps ce que ce magnifique oiseau sauvage est venu faire chez les humains. Il est perplexe :

- En plus, il embrasse notre maîtresse comme nous. Je n'aurais jamais pensé cela d'un oiseau. Si quelqu'un tente désormais de l'embêter, je le protégerai.

Campée sur ses hautes pattes, oreilles dressées, Julie intervient.

- C'est moi, le “chien de garde”. Je me charge de sa sécurité.

Cora, si petite, ne dit rien. Elle est la dernière venue adoptée par la famille. Auparavant elle n'avait eu que des maîtres très méchants qui la frappaient à coups de pieds et de crosse de fusil. Ici, elle se sent bien. Tout le monde est doux et gentil avec elle.

- Allons lui parler, propose Filou impatient de connaître ce fameux Casque d'or. Il se rapproche lentement de l'enclos, à pas mesurés, comme un bon chien d'arrêt qu'il est.

Écho intervient :

- Pour le moment, laisse-le s'habituer à notre présence. Il faut s'appliquer à ne pas l'effaroucher. Il a eu beaucoup de soucis de toutes parts. Il est fatigué, il doit se reposer.

En fait, ils n'auront pas le temps de le connaître vraiment. Dès qu'il sera guéri de cette vilaine maladie qui tue beaucoup d'oiseaux, Casque d'Or devra reprendre la route avec son amie, sous la pression du garde qui prétend que le cygne sera mieux sur les lacs atlantiques.

Avant ce départ, un matin, le cygne va faire une immense surprise à ses gentils hôtes. Il va leur montrer qu'il a récupéré la forme, mais aussi l'usage de ses ailes. Les rations de vitamines administrées ont favorisé la repousse rapide de ses plumes. Il attend le jour de l'ouverture de la chasse avec le retour du maître des lieux, pour sortir de son enclos grâce à un décollage court. Il effectue un premier passage devant la fenêtre de la cuisine où la mère de Micha prépare le déjeuner. Elle s'écrie :

- C'est un mirage, je viens d'apercevoir une forme qui ressemble à Casque d'Or !

Ouvrant précipitamment la porte-fenêtre donnant sur le parc, elle aperçoit en effet, le cygne blanc atterrir au fond de la propriété près d'un bosquet d'arbres.

Et tout naturellement, comme n'importe quel oiseau, il attend, immobile, sous un grand peuplier, l'effet produit par sa prestation. Le couple se dirige vers lui. Sous leur regard médusé, il redécolle avec facilité, slalomant entre les arbres feuillus. Il frôle l'accident, le décrochage, quand son aile vient heurter une branche haute d'un saule pleureur avant d'effectuer, en se récupérant, un atterrissage vertical, parfait, au centre de l'enclos.

- Alors ça, c'est très gentil de ta part, s'exclame rassurée, la mère de Micha, son amie aux cheveux d'or, absente ce jour-là.

Devant la stupéfaction des maîtres, ses yeux pétillent de malice. Il est heureux. Son vol d'essai est une réussite. Et puis Casque d'Or l'aventurier, qui semble avoir retrouvé son esprit facétieux, aime bien étonner les gens qu'il aime.

- Je voulais leur faire une surprise. Quand elle le saura… clame-t-il à tue-tête, à l'adresse des dizaines d'oiseaux qui vivent dans ce parc… les moineaux, les alouettes, les merles, les pics-verts, les pies bavardes.

Casque d'Or vient de passer au ras des moustaches de Maître Corbeau, expert incontesté du vol. Sait-il, ce jeune coquin, que les évolutions des corbeaux atteignent la plus pure des perfections, grâce à la voilure spéciale dont ils sont dotés ? L'air mi-figue, mi-raisin, il commente :

- Mais c'est un véritable fou volant. C'est comme si un Boeing s'amusait à jouer à l'hélicoptère, entre les arbres et les maisons.

Malgré l'absence d'un plan d'eau, Casque d'Or termine à regret son séjour chez ces nouveaux amis qui l'ont si bien soigné. Il adore les grosses salades produites dans le potager. Les feuilles sont très goûteuses. Et puis il aime bien dormir sous les arcades de la grande maison. Il s'embourgeoise.

Au début de l'hiver, la "caravane" s'ébranle vers l'Atlantique. Son amie lui a dit qu'elle avait loué une petite maison au bord d'un vaste étang au milieu de la forêt. Ainsi pourront-ils vivre ensemble, tout en respectant sa liberté d'oiseau sauvage. Chose étrange, ils constatent rapidement que ce plan d'eau situé sur un courant migratoire n'abrite que quelques colverts sédentarisés. Ni oies sauvages, ni aigrettes, ni hérons, n'y font de très longues escales. Sans doute ces grands voiliers avaient-ils décelé l'aspect inhospitalier de ces lieux, que ne tarderont pas à découvrir, à leurs dépens Casque d'Or et sa protectrice.

Autour des gros chênes en bordure du lac, poussent une multitude de champignons. Il y a les cèpes grassouillets et appétissants, à la peau lisse, et d'autres beaucoup plus étonnants et colorés. Certains sont rouges à points blancs comme dans Blanche Neige et les Sept Nains. De très proches cousins sont mortels, les amanites phalloïdes. Ils tiennent compagnie aux premiers. D'autres seraient, dit-on, aphrodisiaques !

Après avoir goûté aux cèpes qu'il trouve relativement fades et indigestes, c'est vers quelques corolles tigrées que Casque d'Or décline son choix. Son amie le retrouve un matin devant la porte de la maison, vacillant, ivre.

- J'entends de la musique, des cloches, des trompettes et des cors de chasse.

Casque d'Or ferme les yeux et glisse son long cou sous ses plumes blanches, pour oublier le ciel qui bascule autour de lui.

- Mon estomac chavire. Quel vertige ! Je vois tout aux couleurs de l'arc-en-ciel. Malgré mes yeux fermés, les images s'entrechoquent… la maison, les arbres, le visage de Micha. Comme des papillons, des petits hommes bleus zigzaguent autour de moi. Je découvre un univers bizarroïde, soupire-t-il, avant de sombrer dans un profond sommeil peuplé de rêves étranges qui le conduiront vers une autre galaxie.

Casque d'Or vient de faire une nouvelle expérience. Il vient de découvrir les effets des champignons hallucinogènes dont il ignorait jusqu'ici l'existence.

VIII

LA TRAPPE

Neuf mois se sont écoulés depuis la mutilation de ses ailes. Casque d'Or, va mettre à profit sa liberté retrouvée pour refaire sa musculature et reconquérir le ciel.

- Binson et Petit Jules ne sont plus là pour m'encourager. La vie est faite de séparations et de recommencements, soupire-t-il à regret.

Casque d'Or commence par des vols exploratoires courts, au-dessus de cette forêt immense, sans repères. La platitude. Toujours aussi curieux de ce qu'il ne connaît pas, il débute par la visite quotidienne à ses plus proches voisins de l'autre côté de la route forestière qui traverse la propriété.

Une famille de moutons noirs, petits cousins des Leicester, s'habitue à la présence du grand oiseau blanc.

Casque d'Or passe des heures à regarder, silencieux, ces doux quadrupèdes qui n'aboient pas, ni ne lui courent après, comme se plaisaient à le faire les chiens de la plage autrefois.

Avec eux, une famille de poules naines, n'arrête pas de caqueter. Elles s'empressent de commenter, malgré les injonctions à plus de discrétion du coq Sadam, la magnifique prestance de ce bel oiseau qui se mêle au groupe, sans leur faire la cour.

- Un vrai gentleman mais polaire, souligne Chicha, la plus hardie qui tente d'entamer la conversation avec Casque d'Or.

Peine perdue. Indifférent, le cygne se contente de pâturer un peu d'herbe grasse, en écoutant les propos de Fifi, le vieux bélier noir aux cornes enroulées comme l'intérieur d'une coquille d'escargot.

Fifi, avec sa voix rauque, s'excuse d'une mauvaise toux.

- C'est le climat ici. Je souffre terriblement d'arthrose.

Préviens ta maîtresse de la cruauté de la propriétaire des lieux. Un cœur sec et vaniteux. L'argent est sa

religion même si elle va à la messe le dimanche. Elle prétend être une amie des oiseaux, mais elle fait tuer tout ce qui bouge autour de son lac. Elle a fait piquer son chien qui avait pris l'habitude de nous rendre visite. Et elle a voulu faire abattre le grand cerf blessé qui avait cru pouvoir se réfugier ici. Il a réussi à échapper aux jardiniers, armés de bâtons et de fusils. Ici nous sommes prisonniers. Fuis avec ton amie tant qu'il est encore temps.

Casque d'Or pense que de tels propos rejoignent ses prémonitions. Il amorce un nouveau décollage vertical auquel il les a habitués. Ne comprenant pas l'émoi du cygne blanc, la plus jolie des poules dont le plumage rappelle la couleur des pintadines, s'indigne, en plein dépit, sous le regard un peu froid des moutons noirs. Nana la coquette proteste :

- De l'esbrouffe, il nous fait encore le coup de l'esbrouffe.

Casque d'Or, réadapté au vol, se livre à quelques expéditions à la découverte de cette impressionnante forêt qui s'étale à perte de vue, à la rencontre d'un océan ourlé de sable blond également à perte de vue. Il démontre pourtant une extrême fidélité à l'égard du site que son amie a choisi pour eux.

La propriétaire à la voix très aiguë, malgré ses formes très arrondies, révèle peu à peu un comportement plutôt inquiétant. Elle est autoritaire, capricieuse, menteuse, et méchante à l'égard de Micha. Chez cette femme, toujours vêtue de noir, un très léger vernis dissimule le manque le plus élémentaire d'éducation et de ce que l'on appelle : la politesse du cœur.

Pour ne pas laisser s'envenimer les choses, Casque d'Or lui prodigue de gracieux saluts, à l'occasion de visites timides. Chaque fois que l'oiseau tente de s'approcher d'elle, avec une certaine déférence, elle fuit en hurlant, se claquemure dans sa maison, tandis que la cuisinière brandit en vociférant, le balai à la fenêtre.

- Va-t'en, oiseau du diable. File, sale oiseau. Ma patronne ne veut pas te voir. Tu la terrorises.

Trop pure. Trop belle cette créature de Dieu face à ce personnage névrosé qui voit le mal partout.

- Ce sont de véritables mégères, soupire Casque d'Or. Fifi est un mouton très averti. Je crois que je vais devoir veiller attentivement sur Micha.

Dès que le jour se lève, il est devant sa porte, guettant son réveil. Il garde sa voiture qu'il salue dans un rituel matinal. Il remarque que l'humeur de Micha s'assombrit de jour en jour. Casque d'or multiplie ses manifestations de tendresse. Le garde qui les a conduits jusqu'ici, menace. Il est bien membre d'une secte et exerce un chantage permanent. Casque d'Or en est l'enjeu, il dit vouloir le faire disparaître. Elle se retrouve loin de tout, famille et amis.

Chaque fois qu'elle part au village, Casque d'Or veille sous le petit bosquet d'arbres entre la maison et la route. Un peu inquiet de se retrouver seul, il guette son retour.

- Comment bel oiseau, allons-nous nous en sortir? Où pourrais-je trouver un autre lac, sans t'abandonner définitivement? lui explique-t-elle un jour en caressant son long cou qu'il lui tend. Elle se laisse tomber sur la pelouse, écrasée de lassitude et de tristesse.

- Je t'aime, souffle-t-il, tu es ma seule amie sincère parmi les humains. Je pourrais m'envoler pour retrouver une communauté, ainsi je te rendrais ta liberté. Mais nos liens sont si forts… je ne pourrais jamais te quitter. Je sais que tu te bats encore pour que nous ne soyons pas séparés à jamais.

Ce jour-là, les colverts, devenus familiers de la petite maison habitée par Micha, assistent à la scène, tapis dans la haie. Figés sur place et silencieux devant la détresse qu'ils découvrent, ils viennent de comprendre qu'un danger menace Casque d'Or.

Prunelle, la petite cane, et ses deux compagnons, Jack et Jon, pensifs et recueillis, regagnent, à pied, le lac, passant devant la maison de la méchante femme qui tire tous les soirs ses volets avant même que tombe la nuit.

Elle n'aime que les fleurs et l'argent. Mais ses fleurs ne l'aiment pas, parce qu'elle se sert d'elles et de leur beauté pour attirer l'attention des gens. Pour laisser croire qu'elle est capable de sentiment. D'ailleurs cette femme est incapable de découvrir la secrète beauté des plus modestes d'entre elles qui poussent sur sa pelouse, par hasard, à la faveur d'une graine déposée par quelque oiseau ou par le vent.

Prunelle, Jack et Jon décident d'aider leurs nouveaux amis, et de partir en quête d'un ailleurs possible.

- Il faut faire très vite, s'écrie Prunelle. Nous allons prospecter sur la terre promise dont nous a tant parlé Casque d'Or, sans oublier de faire un petit crochet en Camargue, habitée de chevaux sauvages, les descendants de Crin blanc.

- C'est là-bas qu'ils doivent revenir, vers cette terre dont ils nous ont tant parlé parce qu'elle a conservé son caractère sauvage.

Jack et Jon pensent que ce pourrait être la solution.

Au lever du jour, ils effectuent un décollage en rase-mottes au-dessus de la tête de Casque d'Or qu'ils n'ont pas prévenu de leur secrète mission.

- Coin, coin, coin… à bientôt Casque d'Or. Veille sur ton amie. Nous faisons un aller-retour vers la Méditerranée. Nous t'enverrons une carte postale.

La France est, paraît-il, un très joli pays. Nous, nous ne sommes jamais sortis d'ici.

- Nous allons en profiter pour ramener un scooter des mers volant, en vogue là-bas, et mettre au point une nouvelle technique d'amerrissage qui nous permettrait d'éviter ici les énormes vagues qui abîment nos plumes, s'écrie Jon qui adore les sports mécaniques. À bientôt !

Le lendemain, Casque d'Or se retrouve seul. Micha a dû s'absenter pour quelques jours.

Les jardiniers profitent de son départ pour passer à l'attaque. Ils viennent d'achever la clôture pour empêcher le passage des chevreuils et grands cervidés. Ils célèbrent la fin des travaux par un déjeuner abondamment arrosé, après avoir exécuté Anita, une petite fille de Fifi, rôtie à la broche. Madame est également absente. On s'en donne à cœur joie. Des litres et des litres d'alcool vont couler dans leurs gosiers.

Casque d'Or, livré à lui-même, commet l'imprudence de s'approcher d'eux.

Le jardinier Letoquard, le plus jeune et boiteux, qui l'a injustement accusé de faire des trous dans le gazon, alors que les auteurs en sont les ragondins, le saisit par le cou et tente de l'étrangler.

Casque d'Or se débat et distribue de violents coups d'ailes, tandis que les deux autres compères viennent prêter main forte au boiteux. Le cygne réussit à prendre la fuite.

- J'espère qu'il ne reviendra pas de si tôt, dit l'un, fourbe comme un renard. On l'appelle Lulu dans le pays.
- S'il revient, cette fois je l'envoie dans l'autre monde, dit le boiteux Letoquard.
- Laissez-le tranquille, temporise le troisième.

Le cœur battant, Casque d'Or a pris de l'altitude. Il est monté si haut dans le ciel, qu'il peut voir en survolant l'Atlantique, la chaîne des Pyrénées et la forêt qui s'étend à perte de vue.

- Ces imbéciles sont, pense-t-il, capables de me réserver le sort d'Anita. Ce matin, il y avait du sang partout. En signe de deuil, tous les oiseaux se sont arrêtés de chanter. Je ne suis jamais allé aussi loin. Je n'ai pris aucun cap. Mais de toute façon, j'ai trop peur pour revenir aujourd'hui à la maison. Je vais me poser sur quelque étang et attendre la nuit pour dormir.

IX

LE VOYANT

À son retour, le lendemain, une vieille femme étrange qui empeste les huiles essentielles qu'elle respire toute la journée et qui font tourner la tête aux gens qui la côtoient plus de cinq minutes, l'attend. Elle se balade dans une vieille ambulance blanche décorée de fleurs artificielles. Au cœur de la forêt, elle habite un antre, peuplé de toiles d'araignées.

Il y a peu de temps, elle a débarqué chez l'amie de Casque d'Or, se collant une série d'étiquettes élogieuses notamment celle de "protectrice des animaux". Elle lui a proposé de s'occuper de l'oiseau au cours de son absence et de veiller notamment à sa nourriture.

Casque d'Or a remarqué ses mains d'homme aux doigts crochus, terminés par des ongles longs au vernis rouge toujours écaillé. L'oiseau a, jusqu'ici, montré une certaine méfiance à son égard et maintenu une distance prudente. Au village, on dit d'elle qu'elle vit avec le diable, et même, qu'elle est un peu sorcière. Elle va jeter des rats chez ses voisins, et selon certains, elle lancerait des mauvais sorts. Depuis des années, elle tient ses chiens, enfermés dans un enclos obscur, alors qu'elle prône pourtant la liberté. Elle appartient aux illusionnistes de notre temps qui font des victimes parmi les animaux en prétendant les défendre. Elle vit aussi avec les serpents, affirme le fameux Lulu qui ne l'aime guère parce qu'elle a combattu les chasseurs pour se faire un nom en politique.

Le matin du départ de son amie, ce sont les mésanges qui ont rapporté ces détails à Casque d'Or, lorsqu'elles ont aperçu la vieille femme, ouvrir la maison avec les clés que Micha lui a confiées pour faciliter les soins à apporter à Casque d'Or.

Le cygne s'inquiète de la présence de cette femme devant la porte de la maison. Il la salue d'un petit signe de tête. La nourriture a été déposée dans les petits seaux blancs, comme le faisait son amie. Il ignore cependant que, de mèche avec cette femme, le groupe de la propriété a défini un plan précis pour le faire disparaître à jamais. Le garde s'est associé au complot. Le but consiste à éliminer Casque d'Or pour faire du mal à sa protectrice.

MOR
AU
RAT
MOUCH
AU
VINAIG
LES CHANTS
DE
MALDOROR
UNSPRECH
LICHEN
KULTEN
ROSEE
D'ECLIPS
ITUEL
ESSE
IRE
Eau de
Vipère
Euphorbe
Bellado

Il avale sans méfiance la nourriture mélangée avec ces fameuses graines empoisonnées utilisées pour endormir les corbeaux. Après l'ingestion de cette nourriture, Casque d'Or, encore conscient, sent son corps se paralyser. Le groupe se précipite sur lui. Le boiteux enragé le frappe avec un bâton, lui écrase son mégot de cigarette encore allumée au coin du bec, avant de jeter l'oiseau dans un sac, au fond de la malle d'une vieille camionnette. Ils le transportent pour qu'il meure assez loin en pleine nature, et ne soit jamais retrouvé, ni identifié.

C'est sans compter sur l'incroyable résistance physique des cygnes, connue de tous les spécialistes en ornithologie.

- Elle ne le retrouvera jamais, ricane la vieille à l'ambulance avec un rire aigu et méchant. Cette femme science infuse, à ranger parmi les imposteurs de tout acabit sur la planète des humains, ignore tout des miracles de l'amour.

Dans son coma qui le paralyse, c'est vrai, Casque d'Or se sent mourir.

Ils l'abandonnent en pleine nature où il passera plusieurs jours, seul. Mais la vie triomphe. Quand il reprend conscience, il se traîne vers un ruisseau proche pour boire un peu d'eau. Il se sent si malade. Il ne sait

pas depuis combien de temps il est là. Et il pense à Micha qui a dû revenir et doit le rechercher.

- Lui réservent-ils le même sort avec l'aide de la sorcière et du garde qui les ont trahis ? Ces gens réunis en un seul lieu, sont diaboliques. Saura-t-elle terrasser le dragon du mal avec l'aide de son ange protecteur ? Celui-ci viendra-t-il à son secours ? Ce sont autant de questions que se pose Casque d'Or quand il recouvre par moment sa lucidité.

Une aigrette blanche, de passage, s'approche de lui. À peine remarque-t-il qu'elle est douce et distinguée.

- Que t'arrive-t-il mon ami ? Tu me parais curieusement endormi.

- Je, je crois qu'ils ont voulu m'empoisonner. Et puis ils m'ont frappé.

- Qui… ils ?

- Les gens de la propriété où j'habite avec ma gentille protectrice.

- Où est cette propriété ?

- Quelque part au loin. Je ne sais plus où.

- À part ta protectrice, comptais-tu d'autres amis ?

- Oui, Fifi le mouton noir plein d'arthrose et Prunelle, Jack et Jon les trois colverts. Tous trois adorent ma maîtresse. Jack en est même tombé amoureux. Il a écrit un poème pour elle, intitulé "Je t'aime, c'est fou, c'est fou."

- Prunelle, Jack et Jon, je les connais. Je les ai rencontrés hier soir à leur retour de Camargue. Je me suis reposée toute la nuit au bord de leur lac. C'est donc là que tu habites ? Ils s'inquiétent de l'absence d'un grand cygne blanc.

- Tu les as vus ?

- Oui, ne bouge pas d'ici, je vais les prévenir. Ce n'est pas très loin. D'ici moins d'une heure, je les ramenerai près de toi.

- Oui, oui, merci. Mais sans doute serai-je mort d'ici là.

- Allons, allons, continue à lutter contre le poison. Tu es un oiseau vigoureux. Tu seras plus fort que le mal. Tu survivras. Courage !

L'aigrette franchit l'air comme une fusée. Elle distingue maintenant le lac de Casque d'Or. Essoufflée, elle atterrit sur la berge et appelle d'un cri strident, les trois amis du cygne.

- Venez vite, j'ai retrouvé votre copain. Il se meurt près d'un ruisseau à quelques centaines de milles d'ici. Il est très faible. Il faut appeler de l'aide pour le transporter. Où est son amie dont il m'a parlé ?

- Nous avons appris par Zac, le merle noir qu'elle est partie à sa recherche à travers le pays. Un gentil voyant de la terre promise, la guide par téléphone, à travers les marais. Tous les deux ont en main une carte géographique pour travailler. Cet homme s'appelle Jacques du Piboul. Il a déjà sauvé la vie de nombreux chiens perdus. Micha est sûre qu'il va l'aider à retrouver Casque d'Or. Il lui a parlé d'un terrain à damier. Il lui a dit aussi : "Suis la plume, elle te conduira vers le grand oiseau blanc."

- Mais sais-tu que les mésanges nous ont dit que la sorcière travaille avec son pendule pour que Casque d'Or et Micha ne se revoient jamais? ajoute Jack inquiet.

Jack et Jon ont soudain une idée de génie.

- Nous avons ramené de ce voyage un scooter des mers volant qui nous a permis d'épargner nos plumes au retour. Si Casque d'Or peut l'enfourcher, nous pourrons le transporter jusqu'à l'étang le plus proche. Pas ici, bien sûr, ils l'achèveraient.

- Allons-y.

Casque d'Or, retombé dans un demi-coma, reconnaît à peine ses amis à leur arrivée.

- Il faut lui faire absorber un anti-poison... trouver du lait. Prunelle orchestre les secours, envoie les deux garçons en quête de ce précieux liquide.

- Allez chercher un seau de lait dans une ferme voisine. Ramenez-le, au plus vite. Appelez à la rescousse quelques canards francs, il y en a toujours dans les cours de ferme.

Aussitôt dit, aussitôt fait. Les deux colverts mobilisent une famille de canards musqués. Au nez du fermier médusé, le seau de lait de chèvre prend la voie des airs.

Ils volent groupés, tenant à quatre, dans leur bec l'anse du récipient, se relayant en cours de route pour porter ce fardeau dont il faut épargner la moindre goutte.

À leur retour près de Casque d'Or, Prunelle prend toutes les initiatives.

- Je vais lui donner la becquée. Et elle force le cygne à avaler cette potion magique.

Casque d'Or vomit le poison pendant des heures. La nuit vient. Tout le monde guette les réactions du pauvre oiseau. L'aigrette effectue une garde avancée. Les renards pourraient bien venir traîner par là. Ils flairent toujours la présence d'un animal malade. C'est déjà un miracle que Casque d'Or leur ait échappé.

Le jour succède à cette longue nuit. Une dizaine de paires d'yeux est braquée sur lui. Casque d'Or bâille et bâille sans fin.

- Dès que tu te sentiras capable d'enfourcher notre scooter des mers volant, nous te conduirons à proximité de notre territoire… un endroit quadrillé de grands bassins pour un élevage de truites. Le trop-plein de cette eau se déverse dans un étang. Tu y seras en paix pour quelque temps. L'accès y est interdit aux humains.

- Micha où est-elle? Est-elle revenue? Ne l'ont-ils pas empoisonnée aussi?

- Elle est partie à ta recherche à travers les étangs et les marais du pays. Le voyant trace sa route sur une carte pour qu'elle puisse te retrouver. Il lui a parlé d'un damier. C'est donc là que nous te conduirons, près d'une tour à cinq minutes du lac où nous vivions ensemble. Un esprit puissant anime cet homme. Il vit très loin d'ici et a dit que tu survivras. C'est nous qui te piloterons à l'endroit indiqué. Nulle part ailleurs, tu ne pourrais échapper à tes poursuivants. S'ils apprennent que tu as survécu à une mort certaine, ils vont te rechercher.

Le soleil vient de disparaître derrière l'horizon lorsque le groupe d'amis atteint la pisciculture où Casque d'Or pourra poursuivre sa convalescence. Le scooter des mers volant a bien fonctionné. Jon est aux commandes, Jack s'est placé à l'arrière de Casque d'Or juché sur la selle. Prunelle et l'aigrette blanche ouvrent la route tandis que les canards musqués partis en éclaireurs, explorent les abords de l'étang pour s'assurer de sa totale sécurité.

Tout est calme.

On dépose délicatement Casque d'Or sur l'herbe, au bord de l'eau. Il sombre à nouveau dans un profond sommeil.

Tout le monde l'entoure.

Au petit matin, Prunelle et la blanche aigrette partent en quête de l'amie de Casque d'Or. À son réveil, Micha les aperçoit devant la maison. Prunelle tord son cou dans tous les sens, ouvre ses ailes et fait des ronds dans l'air. Elle sautille et montre une grande agitation.

- Jacques le voyant m'a parlé de quelque chose qui ressemblerait à des piscines accolées près d'une tour, pas loin d'ici. Saurais-tu où je pourrais trouver cet endroit-là ?

Aux côtés de Prunelle, Dame aigrette traduit son impatience, tandis que Zac qui vient d'être mis au courant chante l'hymne national des oiseaux. Message reçu par Micha qui comprend que les oiseaux vont la conduire vers Casque d'Or.

- Vous l'avez donc retrouvé. Je dois vous suivre.

Quand elle arrive à la pisciculture dont le dessin évoque parfaitement ces fameux damiers, elle découvre des dizaines de canards qui entourent le grand cygne blanc plongé dans un état léthargique. Il est même, de toute évidence, amnésique. Sur chaque visage humain, il projette l'image des horribles jardiniers, du garde et de cette sorcière à la voix qui ondule entre graves et aiguës.

Très gentils avec lui, les hommes de la pisciculture qui ont compris que cet oiseau n'allait pas bien, n'ont pu l'approcher pour lui prodiguer quelques soins. Même son amie qui craint de l'apeurer davantage, ne peut avancer à plus d'un mètre. À chaque tentative d'approche, hagard, il se dresse sur ses pattes et crache. Son cerveau atteint par le poison, n'est plus capable de faire la différence entre ses amis et ceux qui le firent tant souffrir.

- Mais c'est Micha ! lui explique la famille des colverts. Micha, la fille aux cheveux d'or, que tu aimes.

Dans son traumatisme, Casque d'Or n'arrive plus à faire la différence entre le bien et le mal. Il n'est plus qu'un animal blessé qui a peur.

Le grand cygne blanc est totalement fermé au monde extérieur. Il regarde sans voir ce qui l'entoure. Les voix n'arrivent jusqu'à lui que comme portées par un écho lointain. Il est muet. Il est perdu.

X

VERS LA TERRE PROMISE.

Qu'allons-nous faire ? Son état psychologique a l'air de s'aggraver, s'inquiètent Prunelle, Jack et Jon.

Les nouvelles se répandent vite dans le monde des oiseaux.

Une armada de colverts, une centaine, est arrivée en renfort. Des aigrettes et une cigogne sont venues prendre des nouvelles du grand cygne blanc. Prunelle est dans tous ses états.

- Un faucon pourrait s'abattre sur lui, s'il ne peut bouger davantage.

Tous scrutent le ciel en permanence. Au cours de la nuit, une violente tempête se déclenche. La foudre tombe sur les bassins de la pisciculture, tuant des dizaines de truites. Jeanne, la vieille dame si gentille dont l'ancienne métairie surplombe les lieux, a grimpé, sous la tornade, sur le toit de sa grange, pour tenter d'apercevoir le cygne qu'elle sait malade. Tandis que la foudre s'abat sur l'eau, il est là, réfugié sur un coin de la berge, avec ses amis les oiseaux regroupés en rangs serrés près de lui, solidaires. Elle téléphone à Micha en pleine nuit pour la rassurer sur le sort de Casque d'Or.

La nuit est dantesque avec le tonnerre qui se propage comme une onde à travers la forêt. Au petit matin, le faucon, tant redouté de tous, prend la forme de la sorcière aux ongles longs écaillés. Avec le culot qui la caractérise elle franchit le portail de la pisciculture. Elle se dirige, un seau à la main, vers Casque d'Or.

L'armada de canards sauvages réveille le cygne blanc et le force à se mettre sur ses pattes et à s'envoler avec eux. Il faut fuir.

- Je me sens si faible, murmure Casque d'Or, aux ailes peu assurées.

- Tu dois tenir. S'il le faut, nous te transporterons. Nous conduirons ensuite vers toi, ton amie que tu n'as pas su reconnaitre. Son ami, Jacques du Piboul, le gentil voyant, nous aidera à la ramener vers toi.

Ils accostent sur les berges d'un immense lac au nord du pays. Un lac sillonné de jolis bateaux et par un petit hydravion qui évolue au large d'une base militaire top secret. Un lieu particulier où quelques aéronautes passionnés construisirent des hydravions. À cette époque-là, s'inspirant de l'expérience des grands oiseaux migrateurs, quelques pilotes pionniers imaginèrent la traversée de l'Atlantique à bord de tels aéroplanes. Derrière cette base, une anse très sauvage et cachée du regard, est interdite aux visiteurs. C'est ici que l'escorte du grand cygne blanc le conduit. C'est là que Micha le retrouvera, trois jours plus tard.

À bord du canot à moteur que des amis lui ont prêté, elle découvre l'oiseau perdu en train d'essayer d'ingurgiter une anguille, encouragé par Prunelle qui l'exhorte à se nourrir. Acte cruel, mais c'est une question de survie.

- Bon pour la mémoire, plaisantent Jack et Jon. Ici, il n'existe aucune nourriture pour les cygnes. Les puits de pétrole que tu vois là-bas, excluent la présence des algues aux qualités nutritives. Tu dois reprendre des forces.

- Beuh… que c'est mauvais. Existe-t-il un seul cygne sur cette planète qui ait jamais avalé un poisson ? proteste Casque d'Or.

Prunelle prend son air le plus autoritaire.

- Tu mangeais bien des moules et des petits crabes en Méditerranée. Alors ferme les yeux et avale ça, sans discuter.

- Casque d'Or, Casque d'Or, appelle son amie qui vient d'arriver sur les lieux, encore une fois guidée par le sixième sens de Jacques du Piboul et la solidarité de la confrérie des oiseaux.

Cette fois, il la reconnaît. Il trompette et lui répond.

- Pourrais-tu suivre le bateau, jusqu'à ce point qu'on aperçoit là-bas au sud du lac ? Cela s'appelle la plage d'Ulysse.

Le lac est relativement agité. Le vent soulève d'inconfortables creux.

Casque d'Or acquiesce d'un signe de tête et tente de nager derrière le bateau qui trace lentement sa route.

- Viens, suis-nous, encourage Micha. Elle sait qu'elle contraint l'oiseau affaibli à cet effort supplémentaire.

Il y va de sa vie. Il doit recevoir des soins.

Le cygne perçoit l'angoisse dans la voix qui martèle "suis-nous". Le vent souffle de plus en plus fort et la houle frappe de plus en plus durement la coque.

Casque d'Or finit par décoller pour suivre le bateau. Il vole au ras de l'eau jusqu'à cette petite plage où attendent un petit garçon baptisé Ulysse et un groupe d'enfants, émerveillés de voir le grand cygne blanc arriver vers eux, ailes déployées. Micha leur a tant parlé de Casque d'Or qu'ils l'aiment déjà. Après ce sauvetage difficile du bel oiseau, ils sont prêts à l'adopter et à lui montrer que tous les enfants ne ressemblent pas aux enfants du jardinier Letoquard qui le poursuivaient avec des bâtons.

Casque d'Or tend vers son amie son long cou qu'elle caresse. Il lui raconte des tas de choses. Il sait qu'ensemble, ils vont bientôt partir vers la terre promise.

Seuls Prunelle, Jack et Jon qui ont décidé de les accompagner, assistent à la scène. Heureux.

Les autres oiseaux se sont retirés discrètement.

Leur mission accomplie, ils vont reprendre leur vie sauvage, sachant qu'ils ne reverront jamais Casque d'Or, l'oiseau blessé, ni Micha, mais que leur mémoire ne les oubliera jamais. Casque d'Or est sauvé. Ils espèrent bien ne jamais revivre une situation aussi tragique.

Dame Aigrette, lasse de voyager seule, a décidé de poursuivre sa migration avec les autres aigrettes.

Avant que Casque d'Or ne quitte les lieux avec son amie aux cheveux d'or, pendant plusieurs jours, les enfants vont entourer le cygne d'attentions touchantes. Avec le petit Ulysse qui vient de perdre son papa, ils lui apportent le maïs et la salade qu'il prend dans le creux de leurs petites mains tendues vers lui. Ils ne comprennent pas pourquoi des adultes peuvent se comporter avec tant de cruauté. Avec Casque d'Or, ils apprennent à aimer.

Ils découvrent que, même un bel oiseau sauvage qui fut trop confiant à l'égard de l'homme, peut éprouver désormais la peur. Une crainte inguérissable malgré toutes les attentions prodiguées par Micha. Les êtres humains peuvent aussi être victimes de blessures identiques.

Pour les remercier, chaque jour, Casque d'Or effectue pour eux une jolie démonstration aérienne. Toutes les nuits, leurs songes sont habités de magnifiques oiseaux étincelants, vêtus d'une parure de lumière. Ceux-ci les conduisent aux portes d'aventures extraordinaires.

Ulysse rêve que Casque d'Or le conduit chez sa grand-mère qui l'attend au Mexique. Au-dessus du vaste Océan, il chevauche ce bel oiseau blanc qui le conduit au pays des quetzals, la terre de ses ancêtres. Sa terre promise.

HOPI
Les Indiens
PHILEMON
LITTLE NEMO
HIST de L'AME
WINNIE the
Broussaille
Les Licornes